박무웅 시인

1995년 《심상》 등단

시집 『끼, 라는 날개』 외

2015년 『지상의 붕새』 세종도서 문학나눔 선정

2016년 『공중국가』 세종도서 문학나눔 선정

2017년 『끼 라는 날개』 세종도서 문학나눔 선정

2006년 화성시 예총회장 역임

2015년 한국 예술상 수상

현 사) 한국시인협회 이사

현 계간 《시와표현》 발행인

현 도서출판 《시와표현》 대표

패스 브레이킹
path breaking

시와표현 시인선 100

패스 브레이킹path breaking

초판일| 2020년 6월 27일

지은이| 박무웅
발행인| 박무웅
편집인| 김희숙
출판 및 디자인 팀장| 나영채
펴낸곳| 도서출판 시와표현
주소| 서울특별시 관악구 과천대로 939, 1002호
(남현동 르메이에르 강남타운 2차)
전화| 02-523-8848 010-8907-9161
E-mail| happyv2011@hanmail.net
http://cafe.daum.net/nbv9907

ISBN| 979-11-86955-99-4
값 10,000원

* 이 도서의 국립중앙도서관 출판예정도서목록(CIP)은 서지정보유통지원시스템 홈페이지(http://seoji.nl.go.kr)와 국가자료공동목록시스템(http://www.nl.go.kr/kolisnet)에서 이용하실 수 있습니다.
* (CIP 제어번호: CIP2020019849

시와표현 시인선 100

박무웅
시 집

패스 브레이킹
path breaking

시와 표현

시인의 말

패스 브레이킹path breaking

빛나는 곳들이란 길 없는 곳에 있다
열정이 앞장서고 그 열정은
최초의 길을 찾아내는 위대한 힘이다

위대한 방향성이다

하루에도 수없이 우주를 돌아오는
무수한 다짐들이 으르렁거리는
나의 몸짓이다

2020 6월
백운밸리 레이크포레에서
박무웅

차례

1 바람숫돌

2 지형도地形圖

3 지름길

4 비밀을 세놓다

1 바람숫돌

암송

날카로운 것들을
입속에 넣고 중얼거리다보면
동그란 사탕처럼 달고 부드러워진다
또 생소한 말들을 혀끝으로 맛보다보면
금방 익숙해지는 말과 문장들
암송은 부드럽다.
내 몸을 휘돌고 난 다음
다시 들어온 입속을 통해 내뱉는
낭송엔 천지의 리듬이
사뿐사뿐 곁들여져 있다.

그러나 책을 보면서 읽는 행위에는
눈을 따라가는 호흡이 거칠고
오르막을 오르듯 헉헉댄다.
시고 떫은 날것의 맛이 난다.

첫 고백의 말투로

처음 들은 어머니의 말투로
나를 빠져나가는
암송은 내 안의 리듬이다.
나만 아는 말투와
나만 다스릴 줄 아는 감정을 통해
꽃향기를 타는 나비처럼
날갯짓으로 훨훨 날아가는
말의 비행飛行

내 숨이 묻은
나의 말이 된다.

풍경風磬

댕그렁
이것은 물고기의 소리다
저 산문山門 밖 아래로 아래로 흐른다는
뭍을 꿈꾸는 소리다
아니, 근처 계곡을 거슬러 흐른다는
발 달린 물줄기가
천 년을 기다리는 소리다

아니, 사람들이 즐긴다는
비린내 난다는 그 시시한 물고기 말고
이제 겨우 백 년쯤 된
잠잠히 있다가도
분분紛紛한 바람을 숨 쉬는
바짝 마른 그 물고기

어쩌다 바람의 운용運用에나 매달려
일생을 소리로 닳아가고 있다

댕그렁, 댕그렁
바람의 내장內臟이란 이처럼 맑다
먹은 것은 공空뿐이니
배설排泄이 없다

일생을 무심無心에 맡겨놓고
시간이여 예 와서
닮아라 닮아라 한다

못의 길

못의 길이란
결집結集이다

그 견고한 집 한 채를 지으려고
수없이 많은 망치소리를
이음새마다 박아 넣는다
그리고 세월을 견딘다

묵묵히 문들을 관리하거나
사람의 들고 나거나
죽고 태어나는 그 수를 센다

하나의 못이
나무 속에서 오래 박혀 있는 것은
못의 끊이지 않는 설득이 있기 때문이다
오랜 불화는 삐거덕거리지만
못은 나무를 물고

무너지지 않는다

박혀 있는 못들이란
쾅쾅 망치에 맞은 존재들
곰곰이 맞은 이유를
오래오래 캐고 있는 중이다

그러므로 못들의 대답들이란
헐렁한 소리들이 전부겠지만
그 헐렁한 소리들이 얽히고설키면
그 또한 결집이 된다

서안書案

뒤늦은 생각이지만
열 채의 집보다
낡은 서안書案의 주인이 더 아름답다

서안, 중국의 어느 지명 같지만
늦은 밤까지 나와 마주앉곤 하는
노안老眼을 지나 고요히
도착한 서안書案

소반小盤도 아닌 서안은
빈약한 한 끼를 차릴 순 없어도
글을 짓고 글을 음미하는 곳
수저를 달그락거리듯
시를 중얼거리는 곳

오늘, 몇 권의 얇은 독서와
한 장 편지를 쓴

소박한 나의 서안
옛 사람들처럼 몸을 흔들면서
난해를 풀고 온당함을 쉬다보면
밀물과 썰물의 때나
질문과 대답의 끄덕이는 그 시차가
동그랗게 뭉쳐지는 것이다

만 평 영혼의 서실書室과
책 한 권 펼치기 비좁은 서안만 있다면
그보다 충만한 안거安居가
또 있을 것인가

바람숫돌

세상의 날카로운 것들은
알고보면 다 바람이 갈아 놓은 것들이다.

언젠가 사막 여행 때 본
날카로운 능선들이
잘 갈아 놓은 칼날 같다고 생각했다.
높은 곳까지 모래 알갱이를 밀어 올려
칼날을 세운 것은
다름 아닌 바람의 숫돌

세상의 무수한 물결이
강기슭을 아찔한 곳으로 갈아 놓고
헛디딘 발을 잡아당기려 한다지만
저 능선의 바람 칼날은
무엇을 베려 함인가

한때 나도 저처럼 위험한 사람이었다.

누구든 나에게 와서 쓰러졌었다.
온갖 난제難題들이
첩첩의 협상들이
봄날의 유연柔軟 같은 사랑들이
내게로 와서 스스로 쓰러졌었다.
새파랗게 날이 서 있었고
내 앞날을 내가 가르며 나아갔었던 것처럼

어쩌면 그 무수한 능선들도
그 옛날의 물결을 기억하여
기다리고 있는지도 모른다.
물무늬의 갑옷을 걸치고
제 깊이를 벼르고 있는 물속처럼
모래 무늬를 입고도
소리 하나 울리지 않는 사막은
아득한 하늘에다 새파란 능선을 벼려 놓고
바람의 사나운 일과를 견디고 있다.

세상의 점수들

활시위를 당긴 선수가
화살을 날린다
한쪽 눈을 감고 숨을 멎은 채
과녁을 향해 시위를 놓는다.
몇 발을 쏘는 동안
점수는 제각각 다르다.

세상은 모두 점수제로 되어 있다.
무엇을 하든 필요한 점수가 있어야 한다.
우리는 그 점수를 갖기 위해
시험을 치고 경기를 한다.
그것은 마치 인생의 새로운 화폐 같고
아직 채굴되지 않은 보석들 같고
힘의 원천들 같다.

점수란 늘 어려운
난제難題 속에 있거나

저 멀리, 아주 작게 보이는 곳에 있다.
나라는 존재의 공정성은
내가 가진 점수로 확인된다.
좁고 높은 곳일수록
높은 점수가 숨어 있어
우리 모두는 하나의 과녁이고
활시위이며 화살이다.

오늘도 화살 하나가 날아간다.
온갖 장애물 사이를 뚫고
편견과 인식의 사이를 헤집고
과녁 하나를 스스로 찾아간다.

문답법問答法

말의 속도란
두 사람이 함께 달리거나
같이 걸을 때 빨라지는 법이다.
혼자 중얼거리는 말로는 멀리
오래갈 수 없다.

함께 걷는 사이엔 문답법이 있다.
상대를 생각하면서 나의 말을 살피면
말에는, 계단이 있어 위 아래를 오르내릴 수 있고
아름다운 정원이 있어
감탄할 수 있다,
높은 말과 낮은 말을 살피면
꼭 필요한 사다리가 있고
긴 장대가 있다.

상대에게 건넬 말이라 함은
우선 곰곰이 살펴야 한다.

얼룩이 있을 수 있으니까
어디 구겨진 곳이 있을 수 있으니까
혹여, 대답보다, 숙고熟考보다
더 무거울 수 있으니까.

아름다운 문답법은
최상의 방어술인 셈이다.
화살 같은 말끝에 달린 촉을
한 송이 꽃으로 피게 하는 일이다.
그래서 과녁의 정확한 곳들이란
꽃피는 공중이라는 것을 알려주는 것이다.

만장일치

만장일치란 말
참 아름다운 말이다.

이것은 폭압적이고 은밀한
전체주의와는 다르다.
뿔뿔이 흩어졌던 의견들이
모닥불 가로 모여들 듯
시린 손바닥을 펼치듯

모두 만장일치라는 의견을 쬐는 것이다.

누구나 만장일치로 태어난다.
내 의견 없었지만
태어나는 모든 생명은
우주의 만장일치를 이끌어낸
완벽한 존재들인 것이다.

만장일치가 안 되어서
사사건건 파토가 나는 세상이고보면
이보다 더 아름다운 말
또 어디 있겠는가.

그러니 만장일치란 말
쓸데없이 갖고 있기보다는
어떤 쓸모에든 선뜻
내어주는 말이 되어야 한다.

질문의 바닥

무거운 질문은 가라앉는다.
그곳은 침묵

어떤 지렛대를 들이대도
들 수 없는 무게가 있듯
침묵은 어떤 질문으로도 뒤집거나
들추기 힘든 무게다

질문이 떠오를 때까지
몇 백 년을 기다린 사람들도 있고
그 질문에서
꽃피기를 기다리는 사람들도 있다

한 길 사람의 깊이라 했지만
사람의 바닥이란 수만 리 깊이여서
눈 질끈 감고
돌아앉은 등은

문고리조차 없는 침묵이다

세상에서 가장 큰 질문엔
오리무중의 대답이 깃들어 있다
한 길 사람이
한 길 바닥에 묻히면
세상엔 유령처럼 질문만 떠돈다

안티프래질Antifragile*

체명악기體鳴樂器에서
맑고 긴 소리가 흘러나온다
맞아야 청아해지는 소리들이 있다
맞아야 즐거운 리듬들이 있듯
셀 수 없는 회초리가 종아리 속에 있는 사람들
자신의 의지 속에
끊임없이 다짐을 채워 넣는 사람들
그 빨갛게 부푼 빗살무늬로
훈육되었던 시절이 있었다

빗살무늬토기는
맞은 자국이 곧 뼈다
물레질을 따라 어지럽게 돌고 돈 방향과 불이
매끈한 도자기들의 지탱이라면
패인 자국으로 제 속을 굳건히 다지고
또 받치고 있는 빗살무늬토기들은
맞은 자국들로 지탱한다

자신은 자신밖에 채근하지 못할 때가 있어
후회란, 불끈 쥐는 주먹이란
나에겐 얼마나 고마운 위협인가
두들겨 맞을수록 단단해지는
쇳덩이처럼 모루처럼
각오하는 강도强度

온갖 실패들로부터 무차별 맞은 매가
성공의 맺집을 키우는 것이다

*안티프래질Antifragile : 충격을 받으면 깨지기 쉬운'이란 뜻의 '프래질fragile'의 반대 의미로 '불확실성과 충격을 성장으로 이끄는 힘'이란 뜻.

별어곡別於谷

정선선 완행열차를 타고 험준한 산과 굽이 진 강을 따라가다 보면 도토리 깍지를 닮은 조그만 간이역이 있다.

세상의 첩첩산중들 다 사라진 줄 알았는데

별어곡, 두꺼운 책갈피 넘기다 만난 흑백의 삽화揷畵처럼 간이역이 있었다. 오래전 나는 그곳에서 미처 이별할 장소를 찾지 못해 미루어 두었던 미련과 집착들을 버렸다.

이별하기 힘든 것들과 이별하는 골짜기

날마다 커다란 가방을 들고 찾아와 오래전 날짜가 찍힌 기차표를 들고 멍하니 서 있는 치매에 든 할머니가 있고 앞산 뒷산 깎아지른 뼝때처럼 고요한 우체통이 있고 한때 검은 흥망이 회색빛 구름으로 지나가는 곳.

지금은 기차가 서지 않는 역이어서
과거에서 떠나지 못하는 사는 사람들이

아직도 살고 있다.

여백

여백은 흔하고 흔한
빈자리가 아니다
그곳은 각자의 위치들이 양보한
귀하고 귀한 자리다

저 넓은 하늘에
태양이 하나
달도 하나
그건 낮과 밤이 서로 양보한 까닭이다

한낮의 하늘을 비어 있다고 하지 않듯
총총한 별이 뜬 밤하늘 또한
비좁다 말하지 않는다
말하자면 여백은 어머니 마음 같은 것
또 그 어머니를 생각하는
나의 마음 같은 것

돌 하나 떨어진 곳의 파문이

물의 짧은 중심이 될 수 있듯
마음엔 차갑고 따듯한
이름들 하나씩 있지 않은가

오전의 하늘은 서쪽이 여백이고
오후는 동쪽이 여백이듯
여백은 비어 있는 것이 아니라
당연하고 또 당연한
완전한 흐름이다

패스 브레이킹path breaking.

길은 어디에서 어디로 이어지는가.
지구에는 무수한 생명체들이 살고 있다
길도 그들의 숫자만큼 많겠지

자벌레의 길은 나뭇가지에 있고 가벼운 홀씨들의 길은 바람의 갈피에 있고 연어의 길은 물빛이 거슬러 오르는 여울에 있고 사람의 길은 새로운 결심에 있다.

길을 건설하는 존재들은 인간들뿐이지만
그 길을 애써 건설하는 이유 끝에는
집과 직장과 또 여러 날의 피곤한 저녁들이 있기 때문이다.
세상에 이유 없는 길이 어디 있는가.
에베레스트 산 정상을 처음으로 밟은
네팔국적의 셰르파, 텐징 노르가이
그는 또 산악인 에드먼드 힐러리의 정상정복을 안내 한
위대한 패스브레이킹이었다.
달 표면 "고요의 바다"에 첫 발을 내딛은
우주인 닐 암스트롱의 발자국은

여전히 달을 걸어 다니고 있을 것이다

피곤한 저녁, 내 발을 씻다보면
내가 내며 온 무수한 길이 만져진다.
주저했던 곳들마다 단단한 굳은살이 박혀있고
결심했던 곳들 마다엔 고쳐 맨 신발 끈처럼
아직도 시퍼런 힘줄이 길다.
때론 누군가 나를 밟고 지나가는 소리가 들린다.
나는 나도 모르는 사이 또 하나의 길이 되어있는 것이다.

새로운 길이란
모두가 만류하는 곳, 무모한 곳을 향해 있다.
열정이 앞장서고 그 열정은
최초의 길을 찾아내는 발걸음이 된다.
희망하는 것들과 의지의 굳건함에도
한 번도 딛지 않는 길이 있다.
그러므로 빛나는 곳들이란 길 없는 곳에 있다.

맛,

내가 처음으로 본 맛은
어떤 맛이었을까.

어머니의 젖 맛이었을까
혹은 그 젖을 떼려고 발랐던
쓴 소태의 맛은 아니었을까
때론 남의 입에 들어가는 음식을 보고
흘리던 군침의 맛이었을까

상상했던 맛이 많을수록 우리는
더 많은 맛을 보려 안달하고 혈안이 되었었지
그렇게 세상 맛 다 보고
피둥피둥한 몸을 갖게 되었지만
세상엔 여전히 내가 맛보지 못한 맛이
나를 더욱 안달하게 할 때가 있었지

지금도 입술을 핥으면 남아 있는
그 아쉬운 빈 입술의 맛

아쉽고 또 아쉬운
입맛만 다시다 놓친 그런 맛을 드디어 만나
물리지도 않게 즐긴 그 맛
뒤를 맛보고 앞을 맛보고 다시 그 속의
씨앗까지 맛본 그 맛

그러나 세상의 온갖 맛이란
입에서 물리거나 마음에서 식상해지기도 하지만
남아 있는, 남겨 놓은 맛이 아까울 때도 있지

누구도 모르는 나 혼자만의 맛
나에게 온 어마어마한 맛을 다시면 늘
아, 하는 탄식에서 모락모락 김이 나는
진저리쳐지는 그 맛
그 맛을 절대로 잊어서는 안 되지

척,

그런 척과
안 그런 척 중
나는 그런 척을 하겠어요

그런 척에는 내가 채워 넣어야 할
여분이 빌린 돈처럼 남아 있지요
그걸 채우려고
그래서 척이 아닌
진짜 모습이 되려고 노력하다보면
있는 척했던 것들이 정말
있는 것들이 되어 있었지요

척, 그건 목표치 같은 것이지요
빈 통장 같은 것이지요
일단 저질러 놓고 보자는 마음이지요
있는 척해 놓고
진짜 있게 하는 것이지요
꽃 피우려는 것이지요

생전의 어머니는 있어도
없는 척하라고 하셨지만
그건 없는 것 뒤에
온갖 보물들을 숨기는 일이잖아요
차라리 있는 척 뒤에 숨어
아무것도 가진 것 없는 허풍쟁이가 되겠어요
허풍은 저의 교훈이에요
허풍이 파 놓은 구덩이를
성실하게 메우면 되잖아요

그러니 아는 척과 모르는 척 중
아는 척을 하겠어요
그건 모르는 것을 정말 알고 싶다는 의지니까요
오늘 너스레와 함께 뱉어낸 허풍은
오늘 내가 채워야 할
목표치 같은 것이니까요

태풍이 불고 간 그 이튿날

태풍이 불고 간
그 이튿날 부러진 몸들의 떨리는 소리를 듣는다
백년쯤 된 소나무들이
부러진 가지와 뿌리들이
금간 목숨을 견디고 있디
살아남기 위해 힘겨운 싸움을 하고 있다

태풍이 불고 간
그 이튿날 부러진 마음들의 떨리는 소리를 듣는다
오랜세월 키워온 아집이
유리창 파편처럼 부서진 추억이
금간 희로애락을 견디고 있다
무너지지 않기 위해 힘겨운 버팀목을 하고 있다

아스라한 절벽 바위틈에 엉겨 붙은
소나무 몇 그루처럼
뿌리를 깊이 내리지 못한 것들

조그만 강풍에도 쓰러지는 것들
인간관계의 폐허들
내 마음속의 길몽과 흉몽들

나는 병든 시간의
바람 속에서 뿌리 깊은 소나무이고 싶지만
죽음의 바람이 불면 내 일생도 날아간다
칠보산 고사목처럼 뿌리가 마른다
나는 어디쯤 서 있는가
내 뿌리는
어떤 세상의 검은 영토에 착지하고 있는가

2 지형도地形圖

위기에 관하여

위기는 언제 어디서
불시에 오는 것 같지만

쉴 새 없는 내쉬고 들이쉬는 숨에
버젓이 숨어 있는 헛숨처럼
쌓아올리는 높이들 틈에
숨어 있는 허방처럼
위기의 짝인 탄탄대로를
다급하게 뛰어서 오는 것이다.

쓰러지기 직전인 것들이
내게 도착해 쓰러진 적 많았다.
위기는 원망을 먹고
피둥피둥 살찌는 존재
나도 모르게 지나쳐버린
기회들을 찾아내어 다시 고치다보면
위기란 대장간의 모루처럼
아무리 두들겨도 땅땅 불꽃을 피우는

단단한 받침대가 되기도 한다.

높이뛰기 선수는
높이가 있어야 빛을 발하듯
그 높이를 갱신更新해야
가장 높은 높이를 극복한 사람이 되듯

위기란 가장 높은 곳까지
나를 올려 놓아줄 발돋움같이
훌륭한 도구라는 것.

살기 위해 지르박을 춘다

지르박을 출 때면
내 몸의 피가 4/4박자로 뛴다.
온 신경들이 피아노 건반처럼 뛴다.

어떤 노래에 끼워 넣어도
맞춤한 박자가 되는
지르박의 박자
봄과 가을, 여름과 겨울을 살다보면
저절로 피가 식어가고 들뜨던 몸의 곳곳에
녹이 슬 때가 있는 법
그 피를 닦고 조이고 수리하는
신명나는 4/4박자
즐거울 땐 흥에 겹고

나태함이 천근만근으로 무거울 땐
살기 위해서 오직 살아내기 위해서
나는 지르박을 신나게 춘다.

얻는 것도
잃어버리거나 잊어버리는 것도
혹은 버리는 것도 모두
4/4박자로 맞추다보면
내 몸을 옥죄고 들어차는 이 쇠락衰落에도
흥겨운 리듬의 피가 도는 것이다.

한 가지 음악에 맞춰 춤추는 여러 사람들
사람은 여럿일지 몰라도 춤은 한 몸이다.
설사, 나 혼자 추어도 내 신명 속에는
무수한 상대들이 있다.
세상의 즐거운 일들은 다 4/4박자들이다.

위대한 배고픈 냄새들

냄새들 중엔 배고픈 냄새와
또 배부른 냄새가 있다.

그중 배고픈 냄새를 찾아
가끔 멀리까지 찾아가곤 한다.
잠잠하다가도 불시에 쳐들어와서
식욕을 조르는 그 배고픈 냄새들로 차려진
서글픈 한 상
분명 오래전에 이미
헤어졌다고 여겼는데
이 먼 시간까지 따라와 조르는
그 투박하고 소박한 냄새들

그러나 그 한 끼가 이어져
일평생을 달고 간다고 생각하면
배고픔의 힘은 참으로
위대하다는 생각이 든다.

나이가 들면 세상의 온갖
입맛에서 벗어난다고들 하지만
서글픔 훔쳤던 소매의 기억을 타고
기억의 후각으로 찾아오는
여전히 배부르지 않고 허기가 지는
배고픈 냄새들이 있다.

히말라야 독수리

히말라야는 땅보다
하늘이 더 척박하다
시시로 몰아치는 기류氣流는 또 얼마나
난폭한 맹금류들인가
설산을 돌아
몰아쳐오는 상승기류와
눈에 날아와 박히는 날카로운
눈보라의 발톱과 부리

히말라야 독수리는
바람의 一家다
혹독한 바람의 훈육을 받아들이지 않으면
하강하는 것들의 명단에
그 이름을 올려야 한다
그러므로 독수리는 하강과 상승의

그 광대무변廣大無邊을
배워야 한다

쓸모를 다한 발톱과 부리를
제 스스로 뽑고
새로이 고쳐 백 년을 살듯
어쩌다 만나는 온순한 날씨도
제 발톱과 부리를 갈고 있는 중이다

봄, 히말라야 독수리의 눈에
복사꽃 한 송이 핀다

그늘에 대하여

그늘은 땅에서 생기지만
대부분이 공중의 소유물이다
망치 소리도 없이 세워졌다가
삐걱이는 소리도 없이 철거되곤 한다
더 정확이 말하자면
태양의 관할지역이다

공중의 허락 없이는
어떤 건축도 세우기 힘들다
고층, 그거 다 공중이 허락해준 높이다
열매들, 그것도 다 공중이 모른 척
눈감아준 결과물들이다
그래서 과밀過密이라는 것
그것도 공중 없이는 해결되기 힘들다

꽃을 솎아내는 일
열매를 솎아내는 일
그것 또한 공중의 눈치를 보는 일이다

그렇지만 그늘은
공중이 땅에 신세지는 일이다
그늘 없는 공중의 구조물이 있겠는가
언젠가 무너질 건축들과 나무들의 높이가
안착할 곳을 미리 점찍어 둔 곳
입도선매한 자리이기도 하다

빨간 목장갑 한 켤레
-코로나바이러스

그동안, 사람은 가까워졌지만
마음은 멀어졌다는 뜻이다.
우리가 무심코 마시고 뱉은 숨들 끝에
날카롭고 뾰족한 물기들이 묻어 있었다는 뜻이다
자신의 온전한 영역 속으로
비좁은 관계들을 끌어들였다는 뜻이다.
사람 속으로 짐승의 목숨을
함부로 끌고 들어왔다는 뜻이다.
탐식貪食과 혀의 탐욕을 박차고 나온
기형의 유령 한 마리가 날뛰고 있는 것이다
웃고 떠들고 어울리던 연대聯隊들이
서로를 죽이는 비밀의 전쟁을 벌이고 있는 것이다
보이지 않는 의심 속에 들어가 문을 잠그고
전전긍긍의 시간을 보내고 있는 것이다.
연기가 피어오르지 않는 공장의 굴뚝들과
닫힌 철문들에 걸어놓은 누군가의
빨간 목장갑 한 켤레가 한가하게 찍혀 있는

신문의 첫 면을 피해,
잠시 겨울잠을 자는 짐승들처럼
그 옛날 환웅과 웅녀가 쑥과 마늘로 견딘 맵고 쓴
그 시간들처럼 격리를 견디고 있는 것이다.
그러니까 지금은
헝클어진 지구가 새로운 배열을 위해
애쓰고 있는 중일 것이다.
그동안의 빽빽했던 지구의 밀도를
시원시원 솎아내고 있는 중일 것이다.
사람이 비운 길로 사슴이 무리지어가고
딱딱한 시멘트 위로
푸른 숲이 어슬렁거리는 지구의 곳곳 마다
시간의 단위와 면적 율들을
재조정 하고 있는 중이다.
약이 없는 병의 시간을
스스로 치유하는 시간인 것이다.

지형도地形圖

지금도 내 기억 속에는
마을의 갈림길들과 쓸쓸한 집들이 그려진
어린 날의 지형도가 떠오르곤 한다.
우리는 한 마을을 택해 태어나고 살고
그곳을 고향이라고 칭한다
첫 땅을 밟고
첫 갈림길을 만난 곳
그것은 아무리 오래되어도 선명하게
기억 속에 남아 있다
모든 첫 만남과 경험이 고스란히 표시되어 있다
조상들의 무덤으로 가문의
연대를 표시했으며
첫 친구를 만나고 첫 선생을 만난 곳
첫사랑과 첫 이별을 당한 곳

우리는 각자의 지형도를 갖고 있다
이 광활한 우주, 전 세계 어디에도 없는
나만의 지도인 회상의 지형도

지금도 눈 감으면 한없이 그리운 곳이다
산등성이의 등고선을 보고
처음으로 계절을 배운 곳
십 년이면 변하는 강산이라지만
여전히 변하지 않고 있는 지형도의 곳곳에는
내 쓸쓸한 혈육들이 늙고 죽었다

최초로 표시된 세상의 내가
쾅, 미련을 닫고 떠나온 곳
그러나 다시 돌아가 열어야 할 그곳

돌

이 지구에는 남는 것도 돌이고
모자라는 것도 돌입니다
작은 균형은 또 얼마나 난감한 기울기입니까
그럴 때 작은 돌 하나는
수평을 맞추는
단 하나의 받침이 되는 것입니다

큰 돌은 산의 차지고
작은 돌들은 마을과 집, 집들의
요긴한 재료들입니다
마을에는 돌 맞는 감나무도 있었고
그 돌 끝에서
항아리가 와장창 깨지기도 했지만
돌은 아이들의 천진한 장난감이기도 합니다

돌밭을 일구는 농부는
골라낸 돌로 담장을 쌓습니다

또 장마 때 굴러 내려온 강바닥의 돌들은
물살의 흐름을 조절합니다
차곡차곡 쌓인
아슬아슬한 돌들은 탑이 됩니다

먼 우주적 차원에서 보면
지구도 작은 돌멩이에 불과합니다

칼을 쓰는 법

옛 책자에서
칼을 쓴 죄인을 보았다
무거운 칼을 쓰고 도망가지 못하는
죄인의 목은
몇 십 년 동안 책자 속에서
그 흐릿한 형기刑期를 채우고 있었다

철천지원수를 만나면
윙윙 우는 칼이 있다고 하지만
불에 달궈지고 물에 식혀진
그 망각 속에서도 잊히지 않는
원한이란
다 사람의 일일 뿐이다

평생 칼을 떠나지 못하는 사람들이 있다
식재료를 자르는 칼은
사람의 허기를 채우지만

일생의 단절을 찾아다니는 칼은
붉은 노을만 봐도
새파랗게 날이 선다

그러니 세상의 도법刀法이란
사람이 그 기술이다

공중채근담空中菜根譚

유려하게 휘어진 소나무 보면
분명, 공중에도 안 보이는
채근담菜根譚
한 권쯤 있는 것이 확실타

이런저런 조언助言 들어가며
공중 액운 이리저리 피한 수형을 두고
누구는 기형이라 말하지만

칩거의 명필이 쓴
한 줄 해서楷書와 같다.

제 앞길을 골라
저곳까지 올라간 것이 분명하고
올라간 뒤에는 구름을 닮으려 했고

저 아래 건천 밑을 흐르는
물소리를 닮으려 했을 것이다.

이유 없는 저의 모습이란 없다.

체념 학습

살아오면서 쉽게
체념 같은 거 하지 않았다.
해마다 떨어지는 저 붉은 체념들과
서리 맞아 풀 죽은 것들을
쉽게 인정하지 않았다.

치솟는 봄을 반겼고
풀 죽은 가을을 모른 척했다.

그랬던 내 앞에서 오늘
똑똑히 보라는 듯, 불시에
우수수 이파리들이 떨어졌다.
다그치듯 체념을 들이댔다.

가장 현명한 체념은 지성의 특권
가을이 되면서 문을 닫듯 나무들은
떨켜를 만들어 저의 속으로 꼭꼭 숨는다.

적정한 때에 적절한 결정이
사람의 체념이듯
때를 감지하는 나무들의 떨켜는
나무들의 체념인 것이다.

겉이 텅 빈 나무들이지만
그 속은 꽉 차 있는 것이다.
11월, 뒤늦은 이 체념학습으로
나날이 즐겁다.

월인천지月印天地

거뭇한 그늘이 밝은
한낮에만 있는 것이 아니라
한밤에도 있다.
자고로 우주에서 비추는 모든 것들은
다 그림자를 만들 수 있다.
해와 달은 늘 내게서
그림자를 만들곤 했다.

나무는 늙어도 여전히 푸르고
옛 추억은 청춘의 속도로 심장을 뛰게 하는데
성묘를 마치고 옛집 마루에 앉으면
그때의 그 환한 달이 여전히 밝다.
그 달을 등에 업고 삼십 리 길을 걸어
첫사랑을 찾아갔었다.
몸은 자꾸 그림자 속으로 숨고
말은 겨우 달빛을 밟고 더듬거렸었다.
분명 달은 하나인데

산을 넘고 강을 건널 때마다 있었다.
절망을 비춰준 달, 우리는
매월 달을 바꾸며 첫사랑들과
점점 공전주기를 늘이다 멀어지는 것이다.

옛 선비들은 달은 보름에 뜨는 것이 아니라
산등성이와 강물과
캄캄한 마음에 뜨는 것이라 했다는데
어둠을 주식으로 환하게 살찌는 달
어둠이 꽉찬 암흑이라면
달밤은 우리가 잃어버린 그 빈곳을
여전히 비추고 있는 것이다.

젊은 꽃

으슬으슬 몸에 한기가 돌면
그 옛날 함께 자라고 꽃피던
나무들이 서 있는 마당 가로
꽃도 없이 놀러가고 싶은 것이다

그 꽃나무들처럼 나도 봄에는
꽃이 번지는 나이를 먹고 싶은 것이다

목련은 외양外樣으로 늙고
봄이 되면 어디서 그런 꽃을 데려오는지
한 며칠 화양연화로 놀러간다
목련은 그 꽃이 무거워
툭툭 낙화가 더 아픈 꽃이지

봄에 마음 늙어가는 것은
사람뿐이라지만
마음이 수백 송이로 회춘하는 일 또한
사람으로만 할 수 있는 일이지

그런 마음,
점점 높은 곳을 골라 꽃 피려 하고
나무가 늙지 꽃이 늙더냐,
그늘로 서성이는 사람에게
한 수 가르치려 드는 것이다

두근거리는 경계

살짝,이라는 말에는
칼 같은 경계가 있다
어릴 적 싸전에 쌀 사러 가면
욕쟁이 주인은 늘
저울 바늘이 눈금을 살짝 넘어가는 것을
눈감아주듯 모른 척하고
넘치는 무게를 건네주곤 했었지

아무도 모르게 살짝 같은 손
기대어오는 머릿결 같은
살짝, 한 권의 책으로 묶인
낱장들이어서
책장의 이쪽과 저쪽을 다르게 읽는 일과 같지
같은 내용의 양면은 없을 테니까
그렇게 살짝살짝 넘겨
한 권의 책을 다 읽듯
사람 하나를 다 읽을 수도 있지

그러나 나는 그 살짝,에
수없이 넘어가고 넘어온 사람
그래서 행복한 사람
그래서 그리운 것이 많은 사람

살짝살짝 넘어간 저울 바늘 같은
혹은 바르르 떨며 살짝 못 미치는
그 두근거리는 경계

빛나는 등
–김석년 목사님 은퇴에 대한 헌獻시

처음 당신이 걷기 시작한 길은
지상에 발 디딜 곳 없는
거칠고 헉헉대는 바닥이었습니다
가시덤불이 무성한 개척의 길이었습니다
바닥은 당신에게 차선의 성지聖地였습니다
바닷물처럼 야멸차게 밀려오는 위기는
당신에겐 뼈였으며
가장 높은 곳까지 옮겨 놓아줄 발돋움같이
훌륭한 기회이고 도구였습니다

그러나 넓은 길
평안한 길은
그 뒤를 따르는 행렬이 만드는 것
각자의 길을 버리고
하나의 복된 인도引導에
당신의 모든 길은
이제 대로大路가 되었습니다

그동안 당신의 손에 들려있던
성경책을 툭툭 털면
양떼들이 우르르 쏟아집니다
복된 말씀과 은혜의 말씀을 꺼내려 당신은
하루에도 수백 번
그 성경책을 한 장 한 장 넘겼을 것입니다
화살 같은 말씀의 끝에 달린 촉을
한 송이 꽃으로 피워 올렸습니다
늘 새로운 향기는
양떼들의 귀를 활짝 열어 주었습니다

평안의 성전을 이루셨습니다
눈부신 탑을 세우셨습니다
그리고 당신은
아름다운 역사力士의 공을 주님께 봉헌합니다

패스 브레이킹path breaking
다시 아무도 가보지 않은 길을 개척하려 합니다

변혁을 다짐합니다
하루에도 수없이 우주를 돌아오는
무수한 다짐들이
당신의 마음속에서 으르렁거리고 있습니다
힘들고 험한 가시밭길을 각오합니다
일생을 성경에 맡겨놓고 닮아가려 합니다

그러나 당신의 등 뒤는 찬란합니다
그 찬란한 빛은 다름 아닌
또 다른 길의 개척에 나선
당신의 등에서 빛나고 있는 빛입니다
뒤에 남겨진 성도들 앞을
영원히 환하게 비출 것입니다

3 지름길

십 분을 갖다

나는 지금도
남들이 갖고 있지 않은
십 분을 갖고 있다.

십 분을 많이 갖는 방법으로는
약속 장소에 십 분 먼저 가는 것이다.
그렇게 도착한 약속 장소에는
아무도 차지하지 않은
주인 없는 십 분들이 있기 마련이다
그 십 분의 주인이 되는 것이다.

그렇게 얻은
십 분의 여유 속엔
무수한 신용과 난제難題의 해결책들이
상세하게 기재되어 있다.
때론 십 분이 늦어
놓친 일들을 잊지 말아야 한다.

그것들은 훗날 내가 꼭 필요로 하는
그 십 분이 되기 때문이다.

나는 늘 십 분을 벌려고 노력했었다.
그렇게 번 십 분을
십 분이 모자라는 사람들에게 썼다.
나는 십 분을 많이 갖고 있는
시간 부자다.

응,

응,이라는 대답은
늘 곁에 있는 대답
멀리 갔다가도 다시 부르면
동그랗게 굴러서 내게로 오는 대답
꽃 피는 대답
손 잡아주는 대답
돌아누웠다 다시
내 쪽으로 돌아눕는 대답

동그란 방 같은 부름에
함께 들어가 팔베개를 하고 눕자는 대답
누워서 여름비 지나가는 소리를 듣자는 대답
한겨울 문풍지 떠는 소리로
떨림 하나씩 장만하자는 대답

둘이 하나가 되어
동그란 씨앗이 되자는 대답
서로 던지고 받는 사이가 되자는 대답

함께라면 어느 쪽으로 굴러도
좋다는 동그란 대답
구름을 당겨 덮는 달 같은
구름을 벗는 달 같은
하얗고 기울기 좋은 대답

입 속에 넣고 굴리면
오랫동안 단맛이 나는 사탕같이
금새, 닳아 사라질 것 같은
응,
응?
오로지 한 부름에만 열리는
귀 같은 대답

야생의 바람

바람은 야생과
사육으로 나뉠 수 있다

야생의 바람은 낮잠 속으로 들락거리고
사육의 바람은 버튼 속으로
다시 들어가게 되어 있다

야생의 바람은
녹림綠林을 타이르거나
무딘 난蘭 잎을
새파랗게 갈고 또 간다

또 야생의 바람은
주검을 수습하는 장례 집행자들이기도 하다
기류氣流들의 길이며
가을 나무들의 덧문들이다

지나간 역사歷史에서 불어 닥쳤던
풍파風波들이란
다 바람의 전쟁이다

반토막의 진실

그 누구도 진실을 볼 수는 없다
그것은 칠흑의 강물 같아서
아무도 볼 수 없지만 제 흐름으로
묵묵히 흘러가는 일과 같다.

나만이 아닌
양쪽이 고개를 끄덕여야 진실이다
그러기 위해선 올곧은 강줄기 하나를
늘 가슴에 품고 살아야 한다.
진실은 순리의 첫 번째 덕목德目
반드시 땅에 떨어지고야 마는
나무 위 열매와 같은 것

작금昨今의 세상에선
당연한 순리의 일이
가장 어려운 일로 칭송받는다.
또 진실은 난관을 붙잡고 오르는
험난한 오르막 위에 있다는 것.

세상에 풀어 놓은 진실이란 늘
반 토막으로 돌아오기 일쑤지만
그마나 진실이어서
반 토막으로라도 돌아오는 것

내겐 그렇게 되돌아온
반 토막의 진실들이 무수히 많다.
그 반 토막들의 힘으로
여기까지 왔다.

세한지우歲寒之友

내 나이 갓 스물에
불이란 불 다 꺼져서 칠흑일 때
흐릿한 연기만 느릿느릿 나던 봄
선운사에 가서
수백 송이 불꽃을 보았었다.
만개한 불꽃들
뚝뚝 떨어지고 있었다.

아하! 남쪽이 따뜻한 이유를
선운사 동백을 보며 알았다.

세한지우歲寒之友
쌀쌀한 2월에 만나는 따뜻한 친구인 양 반갑던
봄의 아랫목처럼 뜨겁던 동백
선운사 뒤란에 떨어진
불씨 한 송이 주워 내 품에 넣고
또 어느 천지 끝에서 불탄다는
장엄 노을 꿈꾸었었다.

지금도 내 마음 불길
시원찮을 때
으슬으슬 한기가 돌고
며칠 불 맛 못 본 아궁이처럼 썰렁할 때
갓 스물 길을 되짚어
이글이글 불타는 동백 보러 간다.

보러 가서 불씨 살리고 원 없이 불태운
내 갓 스물 봄을 쬐고 온다.

*歲寒之友 : 다른 식물이 모두 지고 난 겨울에 피는 동백꽃을 추운 겨울에도 정답게 만날 수 있는 친구에 빗대어 부른다.

순환

까무룩 잠들었다.
그 눈 속으로 들어와 잠을 잔
잠이
다시 아침의 눈을 열고 나왔다.
그것은 순환이다.

할아버지가 돌아가시고
훗날, 나는 할아버지의 얼굴로 태어났듯
아들이 몇 대의 혈육들이 보탠
그 유전자의 십시일반으로 태어났다.

양양 남대천에선 올해 첫
연어가 돌아왔다고 한다.
기억 속 물맛을 따라 오는 연어의 길
먼 바다 속에서도
흐르고 흘러 돌고 있는 물맛을
만났다는 뜻이다.

순환이 없다면
매일 매일의 생명이 없고
안녕,이라는 인사도
또 봅시다,라는 인사도 없다.

오늘 거울 속에서
그 옛날 아버지의 표정과
바람찬 머릿결을 또 만났다.
순환은 매일 일어나고 있다.

기억하기

기억은 사람뿐만이 아니라
동물들과 심지어 식물들까지도
갖고 있는 기능이다.

좋은 일과 끔찍한 일들이 다
기억 속에 있다는 것을 사람뿐만 아니라
동물들도 너무나 잘 알고 있어서
위험을 짐작하고 피하며
유희遊戲의 순간을 즐긴다.

기억은 인간의 의무이며
숨겨 놓은 힘이다.
지나간 일을 새겨두는 기억
그 기억이 현재를 설계하는 것이다.

개는 주인에 대한 기억을 꼬리에 갖고 있고
봄은 꽃들의 기억력에서 향기롭다.

또 기억은,

기억력은 젊음이다.

우주와도 같은 인간의 뇌 속에서

무중력으로 유영하고 있는

늙지도 썩지도 않는 기억들

가끔 그곳에서 놀다가

현재의 나이를 잊어버리기도 한다.

의자 하나

가끔 들르는 술청에 가서
늘 앉던 자리에 의자 하나 잡고 앉는다.
하루를 끝낸 이 홀가분한 감정같이 편안한 의자
이때만큼은 나도 누구 부럽지 않는
큰 부자가 된 것 같은
그 의자에 앉으면
따뜻하게 데워진 술이 나오고
맛있는 안주가 차려진다.
한잔 또 한 점을 즐기다 보면
세상 한없이 너그러워지는
즐거운 의자

그렇지만 의자 하나 꿰차고 앉는 일
그거, 쉬운 일이 아니다
남들 다 가는 학교, 그 교실의 의자를
한없이 부러운 듯 지켜보는 이들이 있고
빙글빙글 돌아가는 회전의자

그 높은 자리를 향해 뛰는 이들도 있지만
세상엔 편안하게 앉아 있는 사람보다
힘겹게 서 있는 사람들 더 많다.

의자가 학문을 돕고
의자가 사람을 거느리는 이치지만
가장 편안한 의자와
피곤한 하루의 끝을 위로하는
저녁의 의자들은 다
신분이 높다.

지름길

세상에 존재하는 지름길이란
시간이 모른 척 하거나
눈감아준 길들일 것이다.

본래의 길 보다는 다소 험하고 비좁더라도
산에는 무수한 지름길들이 있다.
풍경보다는 비경秘境이 펼쳐지는 곳
산의 속속을 잘 아는 존재들의 길
지름길이란, 사람의 시간을 따르지 않는
산짐승들의 시간이 숨어 다닌 곳이다.
사람이 호기롭게 버리고 간
메아리들이 찾아들면서 사용한 길
작년에 이쪽 산에서 핀 봄꽃이
올해에는 저쪽 산에서 피려고 몰래 가는 길
법량法量이 깃들지 않은 길이다.

산 속에서는 계곡이,
그 계곡을 흐르는 험준한 물길이

가장 빠른 지름길이다.

산속에는 한 번 접었다 편 것 같은
그런 주름진 길들이 숨어 있다.
저 먼 차마고도의 좁고 험한 길
새와 쥐만이 다닐 수 있다는
조로서도鳥路鼠道 같은 길이 있다.
그건, 산이 제 품과 속을
거리낌 없이 내어서 만든 길들이다.

삼춘三春

작년 여름에 불을 맞은 나무
삼춘三春이 와도 무덤덤하다 싶었는데
저 아래쪽 꽃소식인 양
파란 기미가 돋는다.
이를테면 작년 여름에 맞은
그 뜨거운 불길을
내내 끄고 있었던 것인데
힘내라고 여기저기 나무들
팔랑팔랑 푸른 물줄기들을 날라
본本을 보이고 있는 것이다.

나무들의 본업이야 익히 알고 있듯
파란 잎에 화르르 화기火氣가 들면
바람을 빌려 진화鎭火하듯
불 끄는 일이 연례행사인데
초록의 대가 끊기는 일은
폐업廢業이라 연례가 없다.

땅이 열리는 석 달을 빌려
끊기려던 명맥이 다시 파랗게 돈는다.
허름한 새 둥지에도 물이 올라
풀공처럼 굴러갈 것 같은데
죽은 나뭇가지와 새로 돋아난 초록이
한 나무에 동거하는 일을
짐짓, 아무 일도 아닌 듯
봄은 그러려니 한다.

*三春 : 봄의 석 달.

눈 오는 날에 들키다

도망치듯 떠난 집
몇 년 지나 아무도 몰래 찾아간 집
문 안의 어머니 실루엣만 보고
되돌아설 요량으로 찾은 집
하필 눈이 펄펄 내리고 있었다.
내가 걸어 들어갈 때는 보이지 않던
집 떠난 탕아의 발자국이 되돌아나올 때
마당에 쌓인 흰 눈에 찍힌
그 발자국
그 누구도 아닌
나에게 들키고 말았지.

그때 어머니는 아셨겠지
집 떠날 때보다는 훌쩍 커진 발자국
자식의 발자국이야
어머니들의 눈밭 같은 가슴에서
뽀드득뽀드득 큰다는 사실을
먼 훗날에서야 알았지.

그 어머니보다도
고향보다도 더 나이 들어서
이젠 더 이상 들킬 발자국도 없지만
그래도 가끔은 내가 나에게 들키고 싶을 때
아무도 걸어간 적이 없고
돌아온 적이 없는 눈밭을 밟아보면
그거, 다 어머니 마음이었다는 것
저 명백한 발자국처럼 알게 되나니

어디 펄펄 눈이 내린다는
폭설 소식 들리면 그곳으로
나를 들키러 가고 싶은 것이다.

겨울 아침에 지나간 사람

겨울 아침,
내린 눈 위로 누군가 걸어간
발자국들이 움푹 파여 있었다.

그는 아마도
무거운 사람이었을 것이다
새벽, 골목의 어둠을 꼭꼭 밟을 때
그의 어깨에는 일가一家의 부양扶養과
별별 근심으로 마음은 천금이었을 것이다.

아니,
그는 가장 가벼운 사람이었을 것이다.
푹푹 파인 발자국 속에 들어 있던
그의 무게가
짧은 오전 햇살에도
질척질척 녹고 있었다.
곧이어 발자국조차 사라지고
흔적엔 햇살만 가득 담겨 있었다.

그는 이 겨울 아침을 지나
어느 봄으로 걸어간 사람인가
어느 봄에 도착해 따뜻한 절기節氣의
스위치를 켤 사람인가.

발밑이 제일 미끄럽다

한파 주의보가 내렸다.
내린 눈이 녹을 새도 없이 얼어붙고
사람들은 발밑을 걱정하기 시작한다.
자신이 얼마나 미끄러운 사람인지
불안정한 사람인지
이때 깨닫게 되는 것이다.
마치 지구의 온갖 흔들림을
독차지하고 있다는 듯이
자신이 서 있는 처지를 조심조심하며
출근과 퇴근을 반복하는 것이다,

발밑은 제일 미끄러운 곳이다
아무리 묵직한 몸집일지라도
좁은 발바닥으로 넘어지는 것이다.
두 팔과 자신의 모든 균형을 동원해서라도
미끄러운 두 발에 협조하는 것이다.

한 번 넘어진 발일지라도

또 일어서서 그 두 발로 걸어야 한다.
어떤 밤엔 꿈속도 꽁꽁 얼어서
잠든 내내 온몸을
허우적거릴 때도 있다.

그래서 우리는 가까운 관계들마다에
든든한 마음의 지지대를 만들어 놓고
서로 믿고 의지하는 것이다.

하루의 눈금

피곤은 하루의 눈금
그래서 하품은 피곤이 넘치는 일이다.
입 속에 준비해 두었던 말들을 다 쓰고
고요해진 입 속이
무료해지는 때

다시 헐렁해진 말들이
입 속에서 정렬되는 때다.

피곤은 하루를 버티고 섰던 중심이
어느 한쪽 방향으로 무너지는 일이다.
그때 우리는
피곤한 방향을 뒤섞기 위해
술청에 앉아 이리저리 비틀거리는
술잔을 주고받는 것이다.

주고받던 취한 말들은 다시
깊은 잠 속으로 침전하는 것이다.

그러나 몸과 마음
피곤하지 않는다면
힘찬 내일이 들어차지 않는다.
그래서 피곤은
오늘이 말끔히 비워졌다는 뜻이다.

멸치국수

나는 아주 오래전
한 번도 만난 적이 없어 얼굴도 가물가물한 하나님을 만난 적이 있지

오늘 사당동에서 구수한 멸치국수를 먹다가
옛날 군대 입대했을 때 훈련소 교육대 시절이 생각이 나는 거야
운전대 한 번 안 잡아 본 나는
사회에서 운전으로 먹고살다 입대한 병들과 함께 교육을 받았지
어머니가 그렇게 하지 말라던 운전이었지만 군대에서는 도리가 없었지
200명의 병들과 교육이 끝나고 마지막 시험을 치렀지
3등까지 주어지는 특전에는 희망처에 근무하게 해준다는 조항이 있었지
온갖 조상님들의 연합된 힘의 덕이였는지
배운대로 열심히 한 덕분인지 2등을 하게 되었지
그래서 산정호수 옆 군대 병원 11이동외과병원으로 가게

되었지

아, 그때부턴 지옥이었지
군대 내의 일들 중 열에 아홉은 다 쫄병들의 차지지
그런데, 그런데 말이야
같은 처지의 쫄병들이 수요일 저녁과 일요일 낮과 밤에 교회를 가더라고
아, 내 쉴 곳은 오로지 교회뿐이구나
교회를 나가야겠구나, 결심하고 선배들에게
사회에서 교회를 다녔다고 했지
그러나 나의 결심은 곧 의심을 받았고
선임하사가 50여 명의 하늘 같은 병장들 앞에서 기도를 해 보라는 거야
범 무서운 줄 모르는 금방 태어난 강아지처럼
아무 말없이 눈을 꾹 감고 따끈따끈한 고향집 아랫목을 생각했지
운이 좋았는지 통과!
그 다음으로 주기도문을 외워 보라는 거야

또 고개를 푹 숙이고
나도 모르는 입속말과 입 밖의 말을 아주 조그맣게 중얼거리며 섞으며
보고 싶은 여친만 떠올렸지
그 또한 운이 좋았는지 통과!
그런데, 이번엔 찬송가를 불러보라는 거야
어린 날 손바닥만한 하늘만 보이는 시골 논두렁 밭두렁을 쏘다니면서
어느 친구가 가르쳐 주었는지도 모르는
불량하기 이를 데 없는 것들만 흥얼거렸던
내가 찬송가라고 하늘같이 믿었던 딱 한 구절
"멸칫국 멸칫국 요단강 건너가 만나리"
큰 소리로 자신있게 불렀지

순간 폭소가 터지고 난리도 그런 난리가 또 어디 있겠어
거짓말 한 죄로 빠따 100대의 형이 내려졌지
건장한 고참들 20명이 선발되고
각자 다섯 대씩 때리려고 대기하고 있었지

그 때 나는 캄캄했어

앞이 하나도 보이지 않았어

그런데 말이야, 그런데 말이야

평생 한 번도 없을 일이 터졌어

그 정신 없는 와중에 어느 고참의 가느다란 말씀이 귀를 두드렸어

"야, 이놈아 멸칫국이 아니라 며칠 후야" 그리고

"얼마나 교회를 다니고 싶으면 이렇게 큰 거짓말을 했겠느냐 무식도 큰 용기다"

사실 나는 뭐가 틀렸는지도 몰랐어

큰 난관을 그렇게 모면했어

그때부터 성경은 늘 내 안에 있게 되었지

오늘 멸칫국수를 먹으면서 훗날 요단강을 건너서도

이 구수한 멸칫국수를 먹었으면 좋겠다는 생각이 나는 거야

지금도 하나님 앞에 서면

그때 그 선량한 고참 얼굴이 가물가물 떠오르는 것이지

4 비밀을 세놓다

포옹抱擁

조개구이 집에서
열리지 않는 패각을 골라내다
폼페이 마지막 날에 서로 부등켜안고 죽은
포옹이 떠올랐다
자웅동체인 이매패二枚貝류가
각자의 반쪽으로 합체한 포옹
단단히 몸 닫고
관棺이 되어버린 죽음
어떤 결속이 죽은 뒤에도 저렇게 단단할까
생각하다 너무 쉽게 풀린
그동안의 포옹에 대해 미안했다
살아 있는 조개들은
뜨거운 물을 뱉어내다 이내 열리지만
죽은 포옹들은 썩은 냄새만 난다
겉으론 드러내지 않고
속으로, 속으로 사라지겠다는
포옹의 다짐이었을까
뜨거운 불길 위에서도 잠잠하다

술자리가 끝이 나고
누구와는 악수를 하고 또
누구와는 포옹을 했지만 돌아오는 내내
온몸 으슬으슬 추웠던 까닭이
어쩌면 나는 한쪽의 패각이
활짝 열린 때문이 아닐까 하는 생각이 들었다

비밀을 세놓다

어디서 얻은, 나무로 만든 작은 새집을 들고 뒷산으로 갔다. 사람들이 왕래가 잦은 길에서 한참을 들어간 곳 나뭇가지 위에 얹어두고 틈날 때마다 들러서 엿보곤 한다.

아무도 몰라야 한다.
울긋불긋한 봄꽃들도 세차게 내릴 소나기도
한 입을 노리는 야생의 송곳니들도 몰라야 한다.
언젠가 내 사랑을 꽁꽁 숨겨 놓으려
천지간에 방 한 칸부터 얻으려 했던
그때처럼 오늘 우거지기 시작하는
나뭇가지 위에 비밀을 세놓았다.

나만 알고 있는 그 비밀을
친한 친구에게 털어 놓고 전전긍긍이다.
사랑은 전전긍긍을 심장박동으로 쓴다.
이러지도 저러지도 못하는 그

결박의 순간에 묶이려
아무도 풀지 못하는 매듭을
서로 주고받는다.

나뭇가지에 비밀을 세놓고
내 마음은 자꾸 미끄러진다.
그 비밀에 세든 운우지정雲雨之情이
눈 감은 옛날까지 가서
자꾸 지지배배 새소리를 낸다.

무릎을 꿇다

서재를 옮기고
난생처음 무릎을 꿇고 걸레질을 한다.
집안의 구석들에게 용서를 구하듯
걸레를 들고 바닥을 닦는다.

바닥, 아무도 바닥과는
가까워지려고도
친해지려고도 하지 않는다.
그러나 한없이 가벼운 존재로
휩쓸려본 적이 있는 사람
지상에 발 디딜 곳 없이 가난해본 사람
그런 사람에게 바닥은
차선의 성지聖地다.

오랜 시절을 돌아와
나의 첫 가난과 해후邂逅한 사람처럼
내 발 뒴의 첫 도약대였던 곳을

경배하듯 무릎을 꿇고 정성스레 닦는다.
닦으면서 안도한다.
아직, 용서를 위한 나의 무릎은
건재하다는 것을

지나간 옛 곤경들을 고백하려
서재를 마련했지만
그곳에는 나의 처음이었던 것들이
북적북적거린다는 것을 알았다.

투명한 나이

지나간 나이들은 너무도 투명하다
년년年年마다 나를 다녀간 나이들은
여전히 눈 맑게 뜨고
머릿속에서 환하다
그러므로 지금의 처지들이란
지나온 나이의 나이테들인 것이다
그에 비해 다가올 나이들은 너무도 캄캄하다
아주 오래전에 지나온
나이를 뒤적거리며
이름들을 골라내어 버리는 일들이
올해에도 이어지겠지만
내년의 나이는 나도 모르는
얼굴의 나이인 것이다

투명한 나이는 자꾸 얼굴을 속이고
다가올 나이는 기억들을 교묘하게 속일 것이다
투명과 불투명의 나이들은 또

누군가의 나이에서 가물거리거나
분명한 회한이 될 것이다

처음 자리의 나이를 갖고
살아 있지만 뒷자리에 표기될 나이는
그 누구도 알지 못한다

스티조*stizo

낙인烙印과
문신文身은
그 의미가 다르다.
낙인은 죄의 끝이며
문신은 맹세의 시작이다.

그런 낙인과 문신이
몸 밖의 흔적이라면
다짐은 몸 안의 흔적이다.
그래서 다짐은 하루에도
온 우주를 돌아오기도 하고
내 두 주먹과 몸을 도는
피의 매듭이기도 하다.

내가 살아온 날들의
어설픈 기록들이
그 흔적들이 끈질기게
몸과 마음과 서재에 붙어 있다.

내 몸 안의
으르렁거리는 다짐들,
그 다짐들의 험난한 싸움이 없었다면
평화로운 바람의 색깔,
그 색깔로 물든 갈기가
아름답게 흩날리지 않을 것이다.

어쩌면 나라는 존재도
이미 삶과 죽음이 꽝꽝 찍어놓은
낙인인지도 모른다.

*그리스어로 소유권을 인정받기 위해 꽂다, 칼집을 내다, 라는 뜻.

은밀한 밀봉

봉투들의 은밀한 밀봉이 아니었다면
마음 건너다니는 일 같은 건 없었을 것이다.
전해지는 마음도
그 마음의 깊이도 없었을 것이다.

내 젊은 날에도 그런 일 있었다.
마음은 꽃 편지 마냥 활짝 피었는데
남루한 옷차림같이
변변한 봉투 없이 돌로 눌러놓고 온
어느 집 마루의 바람편지 한통
발신도 회신도 없는 주소는 적지도 못하고
대신 마지막이라는 말 적어놓고
금의錦衣 없어도
환향還鄕만큼은 꼭 하겠노라 던
접고 또 접은 약속

봉투들의 겉이 없었다면
저 많고 많은 주소들이 무슨 소용이겠는가.

만나지 못하는 주소는 또
얼마나 많은가

지금도 잊히지 않고 입속에서
각인된 몇몇 주소들
떠돌다 불쑥 찾아올 편지 한 통 기다리느라
지금도 눌러살고 있다는
몇 올의 흰 소문

일정

세상 무수한 일정들 중엔
태어나고 또 눈감는 일도
포함되어 있겠지만
그중 한겨울에
한여름으로 여행가는 일정만큼
즐거운 일도 없을 것이다

한 일정들 속에선 누구나 공평하다
같은 태양과 같은 갈증을 느낀다
바다를 걷고 화려한 꽃들로 엮어진
레이Lei를 목에 건다
구름마저 투명한 날
멀리 화산섬과 검은 빛이 감도는
지상을 밟고 아직도 내 몸엔
이 더운 섭씨의 날씨를 견디는
힘찬 숨과 밝은 눈이있다는 것에
낯선 이국의 말로 감사 기도를 올린다

우리는 각자가 두고 온
춥고 쌀쌀한 날씨를 떠올린다
움츠렸던 겉옷들일랑 벗어 던지고
두껍지만 또 한없이 얕은
하와이의 날씨를 느낀다

푸른 바다에 떠 있는
흰 돛단배
마치 천국의 문인양 한가롭다

우리는 스스로의 냉온冷溫을 겪으면서
그때마다 한 벌 옷으로
그 일정들을 갈아입는다.

파문

속 깊은 강은
아무리 큰 돌멩이를 집어넣어도
물 텀벙 한 번뿐이다.
세상일이 저만 같아라.

제때 핀 꽃들
제때 자고 나면 그 속엔
꽃이 남긴 씨앗이 딱딱하게 익어간다
열매는 달달한 단맛으로
저의 일생을 끝마친다.
세상일 저만치만 같아라.

돌을 맞은 강은
잠깐 저의 과녁을 스스로 밝힌다.
사람이든 물이든
아픈 곳이 과녁이 된다.
활쏘기란 이미 생겨난 과녁에다
화살을 겨누는 일이지만

저 물은, 저 새들은
맞고 난 뒤에야 과녁이 생긴다.
세상일들이 저만치만
정직해라.

사랑에 겨웠던 사랑들이
어쩌다 원수지간이 되는 일
세상일들이 그만큼만
솔직해져라.

야멸차게 닫힌 문
–고구마 냄새

내게 있어 고구마에 관한 기억은
퍽퍽하니 목이 메는 기억이다.

가세가 기울어 남의 집 소 키우던 외양간을 고쳐 만든 방에서 셋방살이를 할 때, 제일 부러웠던 것은 우리 것이 아닌 주인집 넓은 마당과 넓은 고구마 밭이었다. 막 장마가 지나고 파릇한 고구마줄기들이 무성하게 뻗어 갈 때, 땅 속에선 고구마들이 두근두근 여물어 갔다. 고구마는 구황작물 중에 단맛이 나는 식물이다. 쓴맛도 없어 못 먹던 시절에 단맛이 나는 고구마는 천상의 음식 같았다.

그해 늦가을, 마당을 통해 고구마 삶는 냄새가 배고픈 우리 쪽방에까지 풍겨왔다. 나는 슬그머니 쪽방 문을 열고 마당을 들어섰다. 밭주인 눈치가 보여 고구마 이삭줍기도 못하던 시절이었다. 나는 은근히 고구마 한 개를 주겠거니 기대하며 마당을 가로지를 생각이었는데

그때, 열려 있던 주인집 안방 문이
야멸치게 닫혔다.
그 뜨겁던 여름에

이 먼 시간까지 따라와 일렁이는
위대한 그 풍경

[해설]

실존의 허기와 삶의 은유들

이재복(문학평론가 한양대 교수)

[해설]

실존의 허기와 삶의 은유들

이재복(문학평론가 한양대 교수)

모든 인간에게 삶이란 단순히 주어지는 것이 아니라 그것은 살아내야 하는 것이다. 삶이 단순히 주어지는 것이라면 그 세계 내에서 인간이 감내해야 할 일은 거의 없을 것이다. 하지만 삶이란 그런 것이 아니다. 인간에게 삶은 '자신이 스스로 만들어가야 한다'는 의미 내에 있다. 어쩌면 인간은 삶 속으로 내던져진 존재인지도 모른다. 이렇게 내던져진 존재는 그 삶과 맞서야 하는 운명을 지닌다. 이 과정에서 인간은 삶을 어떻게 살아내야 할 것인가 하는 실존적인 고뇌에 빠지게 된다. 삶의 본질에 앞서 실존 그 자체가 더중요한 의미를 지니게 되는 것이다.

실존으로서의 삶은 그때그때의 상황과 현실에 따라 모습을 달리하기 때문에 늘 허기진 상태로 존재할 수밖에 없다. 삶에 드러난 이러한 실존의 허기는 채움을 전제로 한다. 이것은 모든 인간이 다르지 않다. 하지만 이 허기를 느끼는 정도나 그 채움의 방식에는 일정한 차이를 드러낸다. 삶의 허기 혹은 실존으로서의 삶의 허기는 인간의 삶에 대한 치열함의 정도를 반영한다. 삶에서의 실존의 허기는 욕구와 욕망의 차원으로 드러나며, 그중 특히 욕망은 우리가 주목해서 볼 필요가 있다. 욕구의 차원으로 드러나는 허기는 그것이 충족되면 사라지지만 욕망의 차원으로 드러나는 허기는 그것이 충족되어도 사라지지 않고 또 다른 허기를 욕망하게 한다. 욕망처럼 허기 역시 늘 일정한 차액을 남기면서 끊임없이 그것을 충족시켜줄 대상을 찾아 움직인다. 헤밍웨이의 『킬리만자로의 눈』에서 무엇인가를 찾아 산의 정상까지 와서 죽은 표범의 시체는 실존의 허기를 드러내는 대표적인 상징이라고 할 수 있다.

우리 인간의 삶 역시 그 표범처럼 죽음에 이를 때까지 실존의 허기를 채우기 위해 무엇인가를 찾아 헤매는 그런 일련의 과정이 아닐까? 이렇게 무엇인가를 찾아 헤매다보면 자신이 미처 알아차리지 못한 은폐된 세계의 의미를 발견하게 될 것이다. 우리가 어떤 것에 실존의 허기를 느꼈다는 것은 나 자신에게 그것이 하나의 결핍으로 존재한다는 것을 의미한다. 이 결핍을 채우지 않은 채 그대로 둔다면 나와 세계와의 균형은 깨진 상태로 존재하게 된다. 나와 세계 사이의 균형은 온전히 평형 상태로 있을 수는 없다. 그것은 늘 기우뚱한 균형의 상태로 존재한다. 그것은 허기로 인한 결핍 때문이다. 나와 세계 사이에는 틈(결핍)이 생기고 그 틈을 메우기 위한 과정이 끊임없이 반복됨으로써 늘 나와 세계는 기우뚱한 균형의 상태로 존재하게 되는 것이다. 이 기우뚱함이 나로 하여금 끊임없이 무엇인가를 찾아 헤매게 하는 것이다.

냄새들 중엔 배고픈 냄새와
또 배부른 냄새가 있다.

그 중 배고픈 냄새를 찾아
가끔 멀리까지 찾아가곤 한다.
잠잠하다가도 불시에 쳐들어와서
식욕을 조르는 그 배고픈 냄새들로 차려진
서글픈 한 상
분명 오래전에 이미
헤어졌다고 여겼는데
이 먼 시간까지 따라와 조르는
그 투박하고 소박한 냄새들

그러나 그 한 끼가 이어져

일평생을 달고 간다고 생각하면
배고픔의 힘은 참으로
위대하다는 생각이 든다.

나이가 들면 세상의 온갖
입맛에서 벋어난다고들 하지만
서글픔 훔쳤던 소매의 기억을 타고
기억의 후각으로 찾아오는
여전히 배부르지 않고 허기가 지는
배고픈 냄새들이 있다.

-「위대한 배고픈 냄새들」 전문

시인의 허기는 "배고픈 냄새"로부터 온다. 이 냄새는 한 순간 맡고 사라지는 것이 아니다. 그것은 "기억"으로부터 '지금, 여기'를 거쳐 '미래'로 이어지는 감각인 것이다. 이런 점에서 "배고픈 냄새"는 이미 그 안에 허기를 전제하고 있다. 시인이 냄새를 "배부른 냄새"와 "배고픈 냄새"로 구분한 이유가 바로 여기에 있다. 전자가 아닌 후자, 다시 말하면 허기를 전제한 "배고픈 냄새"가 시인으로 하여금 그것을 찾아 "멀리까지" 가게하고, 결국 "한 끼" 식사로 이어지게 한다. 이 "한 끼"가 모여 "일평생"을 가는 것이고, 그래서 시인은 그 "배고픔의 힘"이 "위대하다"고 말한다.

시인이 말하고 있는 이 "배고픔의 힘"이란 곧 허기를 말하는 것 아닌가? "배고픔의 냄새" 혹은 "배고픔의 힘"

으로 표현하고 있지만 그것은 어디까지나 허기가 지니는 강한 욕망을 드러내기 위한 것이라고 할 수 있다. 배가 고프면 먹어야 하듯이 허기가 지면 그것을 채워야 하는 것은 지극히 자연스러운 현상이지만 그 현상을 꼼꼼하게 들여다보고 그것의 의미를 들추어내는 일은 시인의 예각화된 의식과 의지 없이는 불가능하다. "배고픈 냄새"로 표상된 삶의 허기는 시인이 처한 상황으로부터 건져 올린 실존적 언어일 수 있다. 정말로 배가 고파본 사람, 정말로 삶의 허기를 강하게 느껴본 사람에게 이 말은 단순한 수사가 아니라 실존 그 자체일 수 있는 것이다.

시인의 시에는 이러한 언어가 '기억'이라는 형식을 통해 폭넓게 드러난다. 가령

> 그때 어머니는 아셨겠지
> 집 떠날 때 보다는 훌쩍 커진 발자국
> 자식의 발자국이야
> 어머니들의 눈밭 같은 가슴에서
> 뽀드득뽀드득 큰다는 사실을
> 먼 훗날에서야 알았지.
>
> 그 어머니보다도
> 고향보다도 더 나이 들어서
> 이젠 더 이상 들킬 발자국도 없지만
> 그래도 가끔은 내가 나에게 들키고 싶을 때
> 아무도 걸어 간 적이 없고

돌아 온 적이 없는 눈밭을 밟아보면
그거, 다 어머니 마음이었다는 것
저 명백한 발자국처럼 알게 되나니

―「눈 오는 날에 들키다」 부분

라고 했을 때 시인이 활용하고 있는 형식은 기억이다. 이 기억을 통해 시인은 “어머니”를 불러낸다. 시인의 기억 내에서 “나”와 “어머니”는 “눈”을 매개로 하여 긴밀하게 연결되어 있다. 여기에서의 “눈”은 “나”와 “어머니”의 마음을 읽는 질료이다. “나”에게 “눈”은 자신의 부끄러움을 보게 하는 거울과 같은 것인 동시에 “어머니”의 자식에 대한 “마음”을 읽어내는 그런 질료인 것이다. 그리고 “어머니”에게 “눈”은 “도망치듯 집을 떠난” 것이 부끄러워 몰래 집을 다시 찾았지만 차마 들어서지 못하고 되돌아 선 자식의 마음을 읽어내는 질료이면서 동시에 자신의 그런 마음을 자식이 언젠가는 알게 되리라는 것을 드러내는 암시적 존재 같은 것이라고 할 수 있다.

“어머니”의 기대처럼 자식인 “나”는 자신이 눈 위에 남긴 “발자국”이 다 “어머니 마음이었다는 것”을 알게 된다. 서로 말을 하지 않고도 소통한 이 아름다운 기억은 시인을 아련한 과거의 시간 속으로 빠져들게 한다. 하지만 그것은 회고적 감상으로의 몰입과는 거리가 멀다. 시인의 이 기억은 언제나 ‘현재’와 연결되어 있다. 과거의 이러한 기억이 현재 속으로 흘러들어 ‘지금, 여기’의 삶을 비추어보고 또 견인하여 앞으로 나아가게 하는 힘으로 작용하는 것이다. 시인은 이 기억을 "인간의 의무"이며 "숨겨놓은 힘"이자 "현재를 설계하는 것"(「기억하기」)이라고 말한다. 기억에 대한 시인의 이러한 명명은 그것을 자신의 삶을 추동하는 실존의 차원에서 이해하고 있다는 것을 의미한다.

시인이 불러낸 기억은 현재의 삶에 영향을 미칠 만큼 강렬한 것들이다. 과거에서 현재로 이어지는 오랜 시간의 과정 속에서 사라지지 않고 끊임없이 시인의 의식을 추동하는 그 기억은 일종의 상처일 수 있다. 그것은 "은밀한 밀봉"처럼 "은밀하게 밀봉된 것"(「은밀한 밀봉」)일 수도 있고, "죽다 못해 비틀려" "새까맣게 죽어있는" "하루의 눈금"(「죽은 손톱」)과 같은 것일 수도 있다. 또한 그 기억은 "분명한 회한"(「투명한 나이」)으로 남아 있는 것일 수도 있고, "팍팍하니 목이 메인" 어떤 "야멸찬"(「야멸차게 닫힌 문」) 것으로 남아 있는 것일 수도 있다. 시인의 의식에 이렇게 상처로 남아 있는 기억들은 만일 맺힌 상태로 내버려 둔다면 그것은 현재의 삶을 추동하는 실존적인 힘을 지니지 못하게 될 것이다. 시인의 의식 속에 맺혀 있는 기억은 그것을 어르고 푸는 과정을 거쳐야 한다. 아픈 기억이 이 풀이의 과정을 거쳐 삶의 신명神明을 얻고 그 신명이 삶을 살아내게 할 뿐만 아니라 지금보다 더 높은 차원으로 질적인 도약을 할 수 있도록 돕는다.

그런데 이러한 질적 도약은 기본적으로 시인의 삶의 태

도에서 비롯된다. 시인의 삶에 대한 지극함이 있어야 세계를 바꿀 수 있는 것이다. 자신이 처해 있는 실존적 상황과 여기에서 비롯된 삶의 허기를 자신의 의식과 행동 속에서 지극함과 진정성을 가지고 대할 때 은폐된 세계는 모습을 드러내게 된다. 우리는 자신을 둘러싸고 있는 세계를 잘 안다고 생각하지만 사실 그렇지 않은 경우가 더 많다. 어떤 경우에는 자신 가까이에 있는 것조차 제대로 인식하지 못할 때가 있다. 우리가 진정으로 그것을 깨닫게 되면 세계를 대하는 태도가 자연스럽게 겸허해질 수밖에 없다. 「무릎을 꿇다」에서 시인이 보인 태도가 바로 그것이다. 시인은 "난생처음 무릎을 꿇고 걸레질을 하"면서 자신이 미처 알지 못했던 "바닥"의 의미를 발견한다. 시인은 그것을 "나의 처음이었던 것들"의 발견이라고 고백한다. 이 발견을 통해 시인은 또 다른 세계로 질적 도약을 하게 되는 것이다.

그런데 시인이 발견한 것 중에서 태도와 관련하여 특히 인상적인 대목은 다음과 같은 것이 아닐까? 시인은

> 오랜 시절을 돌아 와
> 나의 첫 가난과 해후邂逅한 사람처럼
> 내 발 뒴의 첫 도약대였던 곳을
> 경배하듯 무릎을 꿇고 정성스레 닦는다.
> 닦으면서 안도한다.
> 아직, 용서를 위한 나의 무릎은
> 건재하다는 것을

– 「무릎을 꿇다」 부분

이라고 고백한다. 이 때 우리의 시선을 끄는 것은 "아직, 용서를 위한 나의 무릎은/ 건재하다는 것을"이라는 말이다. 시인이 겨냥하고 있는 것은 "용서"이며, 그 대상은 시인의 "첫 가난"과 "첫 도약대"였던 "서재"이다. 시인은 오랫동안 이 "서재"를 망각한 채 살아왔던 것이다. 이 망각은 "서재"가 은폐하고 있는 의미("첫 가난"과 "첫 도약대")에 대한 망각이다. 이 망각은 '초심'에 대한 망각으로 볼 수 있다. 시인이 "서재"를 마련하였을 때 가졌던 마음속에는 삶에 대한 실존적 허기가 시퍼렇게 살아있었을 것이다. 그 허기가 시간이 지나면서 약화되어 그 "서재"는 단지 "지나 간 옛 곤경을 고백"하는 곳으로 인식되기에 이른 것이다. 자신의 이 약화된 허기를 "서재"를 마련해 그 "바닥"을 닦으면서 알아차린 것이다.

시인의 실존적 허기에 대한 망각과 이것에 대한 깨달음은 "용서"를 위한 자신의 "무릎이 건재하다는 것"에 대한 "안도"로 드러난다. 망각과 그것에 대한 진정한 "용서"로 인해 시인의 기억은 과거로부터 현재로 이어지면서 강한 실존의 의미를 띠게 된다. 시인의 이러한 태도는 그가 드러내려고 하는 세계를 더욱 다채로운 형태로 존재하게끔 한다. 이것은 시인의 실존적 허기에 대한 진정성이 삶의 확장된 형태로 존재한다는 것을 말해준다. 시인의 실존적 허기가 이렇게 삶의 은유화된 형태로 존재하는 예를 시 전반에 걸쳐 어렵지 않게 확인할 수 있다. 삶이 은유의 방식으로 제시되면서 그것의 의미는 다양한 전이와 변주가 가능한 형태로 바뀌게 된다.

삶의 은유화는 '삶이란 무엇이다'의 형식으로 드러난다. 이것은 일종의 수사지만 시에서의 그것은 삶의 실존적 범주 내에 있다. '내가 살아보니 그것은 이런 것에 혹은 이런 식으로 비유할 수 있을 것 같더라'와 같은 형태가 바로 그것이다. 비유가 삶과 긴밀하게 연결되어 있기 때문에 난해하고 애매모호한 언어의 행간이 주는 즐거움보다는 삶의 장에서 서로 느끼고 체험하는 데서 오는 공감의 즐거움을 제공한다. 특히 시인의 오랜 연륜의 과정에서 묻어나는 여러 삶의 은유들은 마치 모난 돌이 오랜 시간을 거쳐 둥글게 변모하듯이 단선적이고 편협한 것에서 벗어나 원만하고 넉넉한 것으로 변모한 그런 세계를 드러낸다. 삶의 은유가 보여주고 있는 이러한 세계는 시간의 흐름에 따라 자연스럽게 만들어진 것이라기보다는 시인의 삶에 대한 방향성이 만들어낸 것이라고 할 수 있다. 시인은

열 채의 집보다
낡은 서안書案의 주인이 더 아름답다

—「서안書案」 부분

고 말하기도 하고 또

어쩌다 바람의 운용運用에나 매달려
일생을 소리로 닳아가고 있다

–「風磬」 부분

고 말하기도 한다. 「서안書案」이 시인 자신의 생각을 사물에 투사해서 직접적으로 말하고 있는 것이라면 「風磬」은 그것을 간접적으로 말하고 있는 것으로 볼 수 있다. 하지만 두 편 모두 물질보다는 정신의 세계를 지향하고 있다는 점에서는 다르지 않다. 정신의 세계에 아름다움이 깃들어 있다는 시인의 생각은 사물에 대한 깊은 통찰을 통해 얻어진 것이다. 이것은 다음 시편들에서도 발견된다.

여백은 흔하고 흔한
빈자리가 아니다
그곳은 각자의 위치들이 양보한
귀하고 귀한 자리다

–「여백」 부분

그러니 세상의 도법刀法이란
사람이 그 기술이다

–「칼을 쓰는 법」 부분

그 헐렁한 소리들이 얽히고설키면
그 또한 결집이 된다

–「못의 길」 부분

빗살무늬토기는
맞은 자국이 곧 뼈다

―「안티프래질Antifragile」 부분

각각의 사물에 대한 시인의 이러한 통찰은 낡고 인습화된 관념을 통해서는 쉽게 발견할 수 없는 세계이다. 우리는 자주 "여백"에 대해 이야기하지만 그것은 주로 '틈'의 의미 차원에서이다. 하지만 시인은 그것을 "각자의 위치들이 양보한/ 귀하고 귀한 자리"(「여백」) 로 인식한다. "여백"이 "양보"의 개념으로 치환되면서 또 다른 의미를 파생시키고 있는 것이다. 이것은 "도법刀法"의 주체를 "사람"(「칼을 쓰는 법」), "못"을 "결집"(「못의 길」) 그리고 "빗살무늬토기" 를 "뼈"(「안티프래질Antifragile」) 로 치환하고 있는 경우에서도 발견할 수 있는 세계이다. "여백", "칼", "못", "빗살무늬토기" 같은 사물들은 우리 일상에서 어렵지 않게 볼 수 있는 것들이다. 이런 사물들은 이미 많은 파생된 의미들을 거느리고 있기 때문에 우리는 그 의미 내에서 그것들을 인식하려는 경향이 있다. 이 의미들 역시 치환의 과정을 통해 만들어진 것들이 긴 하지만 이미 오랜 과정을 통해 인습화되고 통념화된 관계로 우리에게 낯선 충격을 준다거나 강렬한 미적 파토스를 불러일으키는 데는 한계가 있다.

그러나 이것이 곧 '낯설게 하기'의 불가능함을 말하고

있는 것은 아니다. '낯설게 하기'는 이렇게 일상이나 사물에 인식론적인 폭력을 가하는 행위를 통해 탄생하는 것이다. 일상이나 사물이 은폐하고 있는 세계는 우리의 개념화(인습화, 통념화)된 틀로는 온전히 드러낼 수 없는 영역을 거느리고 있다. 우리가 알고 있는 세계는 눈에 보이는, 형식적으로 논리화하고 개념화한 그런 세계라고 할 수 있다. '낯설게 하기'는 이런 세계가 포괄하지 못하는 우리 눈에 보이지 않고 모호한 상태로 존재하는 그런 세계를 들추어내는 것을 말한다. 이렇게 드러난 세계는 낯설지만 우리의 가능한 인식 내에 있다. 가령 "빗살무늬토기는/ 맞은 자국이 곧 뼈다"(「안티프래질Antifragile」)라고 했을 때 "빗살무늬토기"에서 "뼈"를 연상하는 것은 낯설지만 그것이 우리의 의식 어딘가에 이미 내재하고 있었기 때문에 공감이 이루어진 것이라고 할 수 있다. 우리가 이 문맥을 접하고 '아하!' 하면서 나는 왜 그런 생각을 하지 못했을까? 하고 아쉬워하는 데에는 그 낯선 것이 어디 다른 차원에서 만들어진 생뚱맞은 것이 아니라 내가 미처 발견하지 못한 내 의식의 어딘가에 존재하는 은폐된 형식이라는 것을 말해준다.

이처럼 시인은 "서안", "풍경", "여백", "칼", "못", "빗살무늬토기" 등의 은폐된 의미를 잘 살려내고 있다. 이것은 먼저 이 사물들이 지니고 있는 속성을 잘 들여다보았다는 것이고 또 다른 하나는 그 속성과 시인의 의식이 겨냥하고 있는 것 사이의 결합이 잘 이루어졌다는 것을 의미한다. 그렇다면 사물의 의미를 결정하는 시인의 의식이 겨냥하고 있는 것은 무엇일까? 사물들마다 다소 차이는 있지만 이것들을 관통하는 의식은 시인의 삶에 대한 통찰이라고 할 수 있다. 시인에게 삶은 무엇인가를 비우고, 고양하고, 단련하는 일련의 과정이며, 그것을 위해 시인은 안간힘을 쓴다. 시인의 이 안간힘은 시의 행간 곳곳에서 발견된다. 특히 그것은 시인이 불러낸 각각의 사물들("서안", "풍경", "여백", "칼", "못", "빗살무늬토기")을 통해서도 발견할 수 있다. 하지만 여기에서의 그것은 정신적인 차원의 안간힘에 가깝다. 진정한 의미에서 안간힘은 정신과 육체가 통합된 차원에서 행해지는 것이어야 한다. 시인은 그것을 "춤"에서 발견한다.

지르박을 출 때면
내 몸의 피가 4/4박자로 뛴다.
온 신경들이 피아노 건반처럼 뛴다.
어떤 노래에 끼워 넣어도
맞춤 한 박자가 되는
지르박의 박자
봄과 가을, 여름과 겨울을 살다보면
저절로 피가 식어가고 들뜨던 몸의 곳곳에
녹이 슬 때가 있는 법
그 피를 닦고 조이고 수리하는
신명나는 4/4박자
즐거울 땐 흥에 겨웁고

나태함이 천근만근으로 무거울 땐
살기 위해서 오직 살아내기 위해서
나는 지르박을 신나게 춘다.
얻는 것도
잃어버리거나 잊어버리는 것도
혹은 버리는 것도 모두
4/4박자로 맞추다보면
내 몸을 옥죄고 들어차는
이 쇠락衰落에도
흥겨운 리듬의 피가 도는 것이다.

한 가지 음악에 맞춰 춤추는 여러 사람들
사람은 여럿일지 몰라도
춤은 한 몸이다.
설사, 나 혼자 추어도 내 신명 속에는
무수한 상대들이 있다.
세상의 즐거운 일들은
다 4/4박자들이다.

－「살기 위해 지르박을 춘다」 전문

시인이 "춤"을 추는 이유는 "살기 위해서"이다. "살기 위해서" 혹은 "살아내기 위해서" 시인이 선택한 것은 "지르박"이다. 이 "지르박"의 리듬("4/4박자") 속에 삶의 희로애락과 흥망성쇠를 담는다. 삶의 과정에서 비롯되는 세상의 온갖 것들을 담아 추는 이 "지르박"이 겨냥하고 있는 것은 삶에 "흥겨운 리듬의 피"를 돌게 하는 것이다.

"즐거울 때"도 흥겹게, "나태"하고 "쇠락"할 때도 흥겹게 "지르박"을 추는 것, 이것이 시인이 겨냥하고 있는 삶의 궁극이다. 이것은 "신명"에 다름 아니다. "신명"나게 "지르박"을 추는 것 혹은 "신명"나게 한 판 놀아보는 것, 그렇게 춤을 추고 놀다보면 삶의 의지가 생기고 또 삶을 살아내는 지혜가 생기는 것이다. 이런 점에서 시인이 추는 "지르박"은 단순한 춤을 넘어 하나의 삶을 위한 '몸짓'이 된다.

시인은 삶의 과정에서 실존의 위기를 느낄 때마다 "살기 위해 지르박을 출" 것이다. 어쩌면 그것은 시인 "혼자 추"게 될 수도 있을 것이다. 하지만 이 "춤"은 고립되거나 단절된 "춤"이 아니라 "무수한 상대들"을 아우르고 있는 그런 "춤"인 것이다. "신명"이 내 자신이 홀로 만들어낸 흥겨움이 아니라 '천지신명天地神明'에서 알 수 있듯이 그것은 천지의 기운을 받아 생성되는 어우러짐의 감각이다. 나의 실존이 타자와의 관계 내에서 이루어진다는 것은 시인의 삶의 지향점이 어디에 있는지를 잘 말해준다. "춤"은 춤 자체보다도 그것이 말과 노래와 어우러질 때 신명은 더욱 배가되고, 또 춤을 혼자 출 때보다도 여럿이 함께 출 때 더욱 배가된다. 이런 점에서 시인의 의식은 열려 있다. 시인 역시 그것을 잘 알고 있다. 그래서 시인은 "어쩌면 나는 한쪽의 폐각이/ 활짝 열린 대문이 아닐까 하는 생각"(「포옹抱擁」)까지 하게 된다. 시인의 이러한 열린 의식은 그 자신이 느끼고 체험한 실존적 허기와 여기에서 생성되는 삶의 은유들을 보다 둥글고 포괄적인 언어의 세계 내에서 작동하게 한다. 이 세계 내에서라면 "살기 위해 추"는 시인의 "지르박"은 언제나 "한 몸"을 겨냥할 수밖에 없다. 나와 타자를 모두 아우르는 이 "한 몸"으로서의 "춤", "나 혼자 추어도" 그 "신명 속에는 무수한 상대들이 있"는 그런 "춤"이야말로 시인이 진정으로 꿈꾸는 아름다운 삶 혹은 시의 세계가 아닐까?

그러나 시인의 이러한 춤은 자신만의 즐거움으로 수렴되지 않는다. 시인은 "살기 위해 지르박을 추"지만 그 춤에는 자신의 삶에 대한 방향성이 내재해 있다. 시인이 꿈꾸는 이 방향성이란 바로 "패스 브레이킹path breaking"으로서의 길이다. 시인은 그 길을 성찰하면서 자신의 의지를 다진다. 시인은

> 길은 어디에서 어디로 이어지는가.
> 지구에는 무수한 생명체들이 살고 있다
> 길도 그들의 숫자만큼 많겠지
>
> …(중략)…
>
> 새로운 길이란
> 모두가 만류하는 곳, 무모한 곳을 향해 있다.
> 열정이 앞장서고 그 열정은
> 최초의 길을 찾아내는 발걸음이 된다.
> 희망하는 것들과 의지의 굳건함에도

한 번도 딛지 않는 길이 있다.

그러므로 빛나는 곳들이란 길 없는 곳에 있다.

—「패스 브레이킹path breaking」 부분

라고 고백한다. 시인이 굳건한 의지로 밀고 나가야 하는 길, 그 길이 '길 없는 길'이라는 점에서 치열한 실존의 허기와 무수한 삶의 은유들이 떠오른다. 어쩌면 시인의 시는 여기에서 새로운 탄생을 준비하고 있는지도 모른다.

시와표현 시인선

067 고형렬(한국) 마이 반 펀(베트남)시집 | 대양(大洋)의 쌍둥이
069 우경진시집 | 바다가 창문을 닫는 시간
070 김명은시집 | 고니가 왔어요
071 홍보영시집 | 굳이 말하라 하면
072 박재현시집 | 매화는 울지 않는다
073 황연옥시집 | 시인의 단추(개정판)
075 정경식시집 | 고백
076 박춘자시집 | 그리움을 곁에 두고
077 박고을시집 | 꽃잎베개
078 석정미시집 | 슬픔은 많이 넣으면 맵다
079 송태한시집 | 우레를 찾다
080 송연숙시집 | 측백나무 울타리
081 지시연시집 | 바람이 걸어 온 시간
083 이수니시집 | 막다른 절정
084 최예숙시집 | 물방울이 범종을친다
086 정안덕시집 | 연두 공을 치는 여자
087 이명덕시집 | 사당동 블루스
088 김이안시집 | 제비 무덤
089 정클잎시집 | 시간의 맥을 짚다
090 권영해시집 | 고래에게는 터미널이 없다
091 향가시회 | 가사 중의 가사
092 정병기시집 | 오독으로 되는 시
093 표현하는시인들
094 이두철시집 | 붉은 찔레꽃
095 임일남시집 | 세 가지 이름의 선물
096 김민정시집 | 시간의 기억
097 박형권시집 | 새로움에 보내는 헌시
098 김서은시집 | 위대한 브런치
099 유유 제1집 | 깊고 그윽하게
100 박무웅시집 | 패스 브레이킹